FRANCESCA SIMON

FELAKET HENRY
VE GİZLİ KULÜP

Horrid Henry and the Secret Club

İLLÜSTRASYON *Tony Ross*
ÇEVİREN *Seda Aroymak*

iletişim

İÇİNDEKİLER

1
....
FELAKET HENRY
AŞI OLUYOR

"AAGGHH!!"

"AAAGGGGHHH!!!!"

"AAAAAGGGGGHHHHH!!!!"

Bu korkunç çığlıklar, Hemşire Şırınga'nın kapalı kapısının ardından geliyordu.

Felaket Henry, kardeşi Mükemmel Peter'a baktı. Mükemmel Peter Felaket Henry'e baktı. Sonra her ikisi de önüne bakan babalarına baktılar.

Henry ve Peter, Doktor Supravit'in bekleme odasındaydılar.

Huysuz Margaret de oradaydı. Hırçın Susan, Tedirgin Andrew, Neşeli Josh, Sulugöz William, Sert Toby, Tembel Linda, Akıllı Clare, Kaba Ralph ve Henry'nin tanıdığı hemen herkes oradaydı.

Hepsi, Hemşire Şırınga'nın kendilerini çağıracağı o korkunç anı bekliyorlardı.

Bugün dünyanın en kötü günüydü. Bugün – aşı günüydü.

Felaket Henry örümceklerden korkmazdı.

Hayaletlerden korkmazdı.

Hırsızlardan, kötü rüyalardan, gıcırdayan kapılardan ve geceleri duyulan seslerden korkmazdı. Onu sadece tek bir şey korkuturdu.

O kelimeyi söylemek bile zor geliyordu -AŞI- düşüncesi bile Henry'nin titremesine ve ürpermesine neden oluyordu.

Hemşire Şırınga bekleme odasına girdi.

Henry nefesini tuttu.

"Lütfen başkası olsun," diye dua etti.

"William!" diye seslendi Hemşire Şırınga.

Sulugöz William ağlamaya başladı.

"Hiç boşuna ağlama," dedi Hemşire Şırınga. William'ı kolundan sıkıca tuttuğu gibi kapıyı arkalarından kapattı.

"Benim aşı olmama gerek yok!" dedi Henry. "Kendimi iyi hissediyorum."

"Aşılar seni hastalıklardan korur," dedi Baba. "Aşılar mikroplarla savaşır."

"Ben mikroplara inanmam," dedi Henry.

"Ben inanırım," dedi Baba.

"Ben inanırım," dedi Peter.

"N'apalım, ben inanmam," dedi Henry.

Baba içini çekti. "Aşı olacaksın," dedi, "işte o kadar".

"Benim aşı olmaya itirazım yok," dedi Peter, "Benim için ne kadar faydalı olduğunu biliyorum".

Felaket Henry, dünyalıları şişlemek için uzaydan gelmiş bir yaratık taklidi yaptı.

"AAA!" diye çığlık attı Peter.

"Felaket Henry, kes şunu," diye bağırdı Baba.

"AAAAAAGGGGGHHHHHH!"

Hemşire Şırınga'nın kapısının ardından korkunç çığlıklar geliyordu.

"AAAAAAGGGGGHHHHHH! HAAYIIIIIR!"

Sonra, Sulugöz William sendeleyerek dışarı çıktı. Sızlanarak kolunu tutuyordu.

"Bebek gibi ağla bakalım," dedi Henry.

"Senin de sıran gelecek, Henry," diye hıçkırdı William.

Hemşire Şırınga bekleme odasına geldi.

Henry gözlerini kapattı.

"Beni seçme," diye yalvardı sessizce. "Beni seçme."

"Susan!" dedi Hemşire Şırınga.

Hırçın Susan isteksizce Hemşire Şırınga'nın odasına girdi.

"AAAAAAGGGGGHHHHHH!" diye korkunç çığlıklar geldi.

"AAAAAAGGGGGHHHHHH! HAAYIIIIIR!"

Sonra, kolunu tutarak ve burnunu çekerek Hırçın Susan dışarı çıktı.

"Ne zırlak şey," dedi Henry.

"*Seni* de biliyoruz, Henry," diye terslendi Susan.

"Yok canım?" dedi Henry. "Bir şey bildiğiniz yok."

Hemşire Şırınga tekrar kapıda göründü.

Henry elleriyle yüzünü gizledi.

Eğer ben değilsem, bundan sonra çok iyi bir çocuk olacağım, lütfen başkası olsun diye düşündü.

"Margaret!" dedi Hemşire Şırınga.

Henry rahatladı.

"Hey Margaret, biliyor musun, iğneler öyle büyük ve sivridir ki kolunu delip geçebilir," dedi Henry.

Huysuz Margaret ona aldırmadan Hemşire Şırınga'nın odasına gitti.

Henry, onun çığlıklarını duymak için sabırsızlanıyordu. Bir bebek gibi ağladığı için Margaret'la nasıl da alay edecekti!

Sessizlik oldu.

Sonra Huysuz Margaret kasıla kasıla, kolundaki yara bandını gururla sergileyerek bekleme odasına girdi. Henry'e gülümsedi.

"Oh Henry, hemşirenin bugün kullandığı iğneye inanamazsın," dedi Margaret. "Bacağım kadar uzun."

"Kapat çeneni Margaret," dedi Henry. Hızlı hızlı nefes alıyordu ve bayılmak üzereydi.

"Bir şey mi oldu Henry?" diye sordu Margaret, tatlı tatlı.

"Hayır!" dedi Henry. Ona kaşlarını çatarak baktı. Ne hakla çığlık atmaz ve ağlamazdı?

"Ha, iyi," dedi Margaret. "Sadece seni uyarmak istemiştim, çünkü hayatımda hiç bu kadar kocaman iğne görmemiştim!"

Felaket Henry kendini toparladı. Bugün farklı olacaktı.

Cesur olacaktı.

Korkusuz olacaktı.

Hemşire Şırınga'nın odasına girecek, kolunu uzatıp bırakacaktı istediğini yapsın. Evet, gün bugündü. Cesur Henry diyeceklerdi ona, iğne olurken gülen çocuk, bir aşı daha olmak isteyen çocuk...

"Henry!" dedi Hemşire Şırınga.

"Yo!" diye haykırdı Henry. "Lütfen, lütfen, HAYIR!"

"Evet," dedi Hemşire Şırınga. "Sıra sende."

Henry cesur olduğunu unuttu.

Henry korkusuz olduğunu unuttu.

Henry herkesin kendisini izlediğini unuttu.

Henry bağırıp çığlık atmaya ve tekmeler savurmaya başladı.

"Ah!" diye bağırdı Baba.

"Ah!" diye bağırdı Mükemmel Peter.

"Ah!" diye bağırdı Tembel Linda.

Sonra herkes bağırıp çığlık atmaya başladı.

"Aşı olmak istemiyorum!" diye haykırdı Henry.

"Aşı olmak istemiyorum!" diye bağırdı Endişeli Andrew.

"Aşı olmak istemiyorum!" diye bağırdı Sert Toby.

"Susuun!" dedi Hemşire Şırınga. "Aşı olmanız gerekiyor ve aşı olacaksınız."

"Önce o!" diye bağırdı Henry, Peter'ı göstererek.

"Bebek gibi davranıyorsun Henry," dedi Akıllı Clare.

İşte o zaman olanlar oldu.

Henry'e bebek diyen hiç kimse hayatta kalamazdı.

Clare'ı bütün gücüyle tekmeledi. Clare çığlık atmaya başladı.

Hemşire Şırınga ve Baba, Henry'yi birer kolundan tutarak aşı odasına götürdüler.

Peter ıslık çalarak arkalarından gidiyordu.

Henry ellerinden sıyrılıp dışarı fırladı. Baba onu yakalayıp geri getirdi. Hemşire Şırınga'nın kapısı arkalarından kapandı.

Henry odanın köşesine kıstırılmıştı.

Hemşire Şırınga ona fazla yaklaşmıyordu. Hemşire Şırınga Henry'yi tanıyordu. Geçen sefer aşı olduğunda kendisini tekmelemişti.

Doktor Supravit içeri girdi.

"Bir sorun mu var hemşire?" diye sordu.

"O," dedi Hemşire Şırınga. "Aşı olmak istemiyor."

Doktor Supravit ona fazla yaklaşmıyordu. Doktor Supravit Henry'yi tanıyordu. Geçen sefer aşı olduğunda kendisini ısırmıştı.

"Otursana Henry," dedi Doktor Supravit.

Henry koltuğa yığıldı. Kaçış yoktu.

"Küçücük bir iğne için bu kadar gürültüye gerek var mı," dedi Doktor Supravit. "Bana ihtiyacınız olursa çağırın," diye ekledi ve odadan çıktı.

Henry derin derin nefes alarak koltuğunda oturdu. Koca bir iğne yığınını inceleyen Hemşire Şırınga'ya bakmamaya çalıştı.

Yine de parmaklarının arasından bakmaktan kendini alamıyordu. Henry'nin hayatında gördüğü en uzun, en sivri ve en kötü iğneyi seçip aşıyı hazırlayışını izledi.

Hemşire Şırınga elinde silahıyla yaklaştı.

"Önce o!" diye bağırdı Henry.

Mükemmel Peter oturdu ve kolunu sıvadı.

"Tamam önce ben olurum," dedi Peter. "Önemli değil."

"Oh," dedi Peter, iğne yapıldığında.

"Bu mükemmeldi," dedi Hemşire Şırınga.

"Sen ne iyi bir çocuksun," dedi Baba.

Mükemmel Peter gururla gülümsedi.

Hemşire Şırınga silahını doldurdu.

Felaket Henry koltuğunda büzüldü. Umutsuzca çevresine bakıyordu.

Sonra Henry tezgâhın üzerine dizilmiş küçük ilaç şişelerini fark etti. Hemşire Şırınga iğnesini bu şişelerden dolduruyordu.

Henry daha dikkatli baktı. Şişelerin

üzerindeki etiketlerde "Çocuğun ateşi varsa ya da hasta görünüyorsa aşı yapmayınız," yazıyordu.

Hemşire Şırınga elinde iğneyle yaklaşıyordu. Henry öksürdü.

Hemşire Şırınga yaklaştı. Henry hapşırdı.

Hemşire Şırınga yaklaştı. Henry hırıldadı ve zorla nefes aldı.

Hemşire Şırınga kolunu indirdi.

"İyi misin, Henry?"

"Hayır," diye güçlükle soludu Henry. "Hastayım. Göğsüm ağrıyor, başım ağrıyor, boğazım ağrıyor."

Hemşire Şırınga terli alnına dokundu.

Henry tekrar öksürdü.

"Nefes alamıyorum," diye soludu Henry. "Astım."

"Sende astım yok Henry," dedi Baba.

"Var işte," diye güçlükle soludu Henry.

Hemşire Şırınga kaşlarını çattı.

"Biraz ateşi var," dedi.

"Hastayım," diye fısıldadı Henry dokunaklı bir sesle. "Kendimi çok kötü hissediyorum."

Hemşire Şırınga elindeki iğneyi bıraktı.

"Sanırım, onu iyileştiğinde getirseniz daha iyi olacak," dedi.

"Tamam," dedi Baba. Bir dahaki sefere Henry'i kesinlikle annesiyle gönderecekti.

Henry, eve giderken yol boyunca hırıldadı, aksırdı, inledi ve sızlandı. Anne ve Baba onu doğruca yatağına yatırdılar.

"Anneciğim," dedi Henry, elinden geldiğince zayıf bir sesle. "Bana birazcık çikolatalı dondurma getirir misin? Boğazım çok acıyor, iyi gelir."

"Tabii," dedi Anne. "Zavallı yavrum."

Henry çarşafların içine gömüldü. Dünya varmış diye düşündü.

"Anneciğim," dedi Henry. "Televizyonu odama getirir misin?

Ağrı azalırsa izleyebilirim belki."

"Tabii," dedi Anne.

Bu harika! diye düşündü Henry.

Aşı yok! Yarın okul yok! Akşam yemeği de yatağıma gelecek!

Kapı çalındı. Anne dondurmasını getirmiş olmalıydı. Henry yatakta doğruldu, sonra hasta olduğunu hatırladı. Yatıp gözlerini kapattı.

"İçeri gel Anne," dedi kısık bir sesle.

"Merhaba Henry."

Henry gözlerini açtı. Gelen Anne değildi. Bu Doktor Supravit'ti.

Henry gözlerini kapattı ve korkunç bir şekilde öksürmeye başladı.

"Neren ağrıyor?" diye sordu Doktor Supravit.

"Her yerim," dedi Henry. "Başım, boğazım, göğsüm, gözlerim, kulaklarım, sırtım ve bacaklarım."

"Vah vah," dedi Doktor Supravit.

Stetoskopunu çıkardı ve Henry'nin göğsünü dinledi. Bir şeyi yoktu.

Ağzına küçük bir sopa sokup "AAAAA," demesini söyledi. Bir şeyi yoktu.

Gözlerini, kulaklarını, sırtını ve bacaklarını muayene etti. Her şey yolunda görünüyordu.

"Eee, Doktor?" dedi Anne.

Doktor Supravit başını salladı. Üzgün görünüyordu.

"Çok hasta," dedi Doktor Supravit. "Tek bir tedavisi var."

"Nedir o?" dedi Anne.

"Nedir o?" dedi Baba.

"Aşı!"

2

FELAKET HENRY
VE GİZLİ KULÜP

"Dur! Kimdir o gelen?"

"Ben."

"Ben de kim?" diye sordu Huysuz
Margaret.

"BEN!" dedi Hırçın Susan.

"Parolayı söyle! "

"Eee..." Hırçın Susan durakladı.
Parola neydi? Düşündü, düşündü,
düşündü.

"Patates?"

Margaret içini çekti. Bu kadar aptal bir
insanla neden arkadaşlık ediyorum ki? diye
düşündü.

"Hayır değil."

"Evet öyle," dedi Susan.

"Patates, geçen haftaki parolaydı," dedi Margaret.

"Hayır değildi."

"Evet öyleydi," dedi Huysuz Margaret. "Bu benim kulübüm ve kararları ben veririm."

Uzun bir sessizlik oldu.

"Tamam," dedi Susan hırçınca. "Parola nedir?"

"Sana söylemeli miyim bilmiyorum," dedi Margaret. "Büyük bir sırrı düşmana veriyor olabilirim."

"Ama ben düşman değilim ki," dedi Susan. "Ben Susan'ım."

"Şşşşt!" dedi Margaret. "Henry'nin gizli kulüpte kimlerin olduğunu bilmesini istemiyoruz."

Susan arkasına baktı. Düşman, görünürlerde yoktu. İki kez ıslık çaldı.

"Her şey yolunda," dedi Hırçın Susan. "Şimdi bırak da gireyim."

Huysuz Margaret bir an düşündü. Birini, parola olmadan içeri almak, kulübün bir numaralı kuralına aykırıydı.

"Susan taklidi yapan bir düşman değil de, gerçek Susan olduğunu bana kanıtlamalısın," dedi Margaret.

"Ben olduğumu biliyorsun," diye mızıldandı Susan.

"Kanıtla."

Susan ayağını çadırın içine soktu.

"Ayağımda, her zaman giydiğim, üzerinde mavi çiçekler olan siyah deri ayakkabılarım var."

"Yeterli değil," dedi Margaret. "Düşman onları çalmış olabilir."

"Sesim Susan'ın sesi ve görünüşüm de Susan'a benziyor," dedi Susan.

"Yeterli değil," dedi Margaret. "Düşman kılık değiştirmiş olabilir."

Susan ayağını yere vurdu. "Ve Helen'i kimin çimdiklediğini biliyorum ve gidip Bayan..."

"Çadırın kapısına yaklaş," dedi Margaret.

Susan eğildi.

"Şimdi beni dinle," dedi Margaret. "Çünkü sadece bir kere söyleyeceğim. Bir gizli kulüp üyesi, içeri girmek istediğinde 'NUNGA' der. İçerideki de 'Nunga Nu' diye cevap verir.

Böylece ben gelenin sen olduğunu anlarım, sen de ben olduğumu."

"Nunga," dedi Hırçın Susan.

"Nunga Nu," dedi Huysuz Margaret. "Gir."

Susan kulübe girdi. Gizli tokalaşmalarını yaptı, kutusunun üstüne oturdu ve suratını astı.

"Baştan beri benim olduğumu biliyordun," dedi Susan.

Margaret kaşlarını çattı.

"Konu bu değil. Eğer kulüp kurallarına uymak istemiyorsan, ayrılabilirsin."

Susan yerinden kımıldamadı.

"Bir bisküvi alabilir miyim?" dedi.

Margaret tatlı tatlı gülümsedi. "İki tane al," dedi. "Sonra işimize bakarız."

Bu sırada, yan bahçede bir çalılığın
altında, dikkatle yerleştirilmiş dalların
arkasında, bir başka gizli toplantı
yapılmaktaydı.

"Sanırım hepsi bu kadar," dedi başkan.
"Ben şimdi gidip, planlarımızı uygulamaya
koyacağım."

"Peki ben ne yapacağım?" diye sordu
Mükemmel Peter.

"Nöbet tutacaksın," dedi Felaket Henry.

"Ben hep nöbet tutuyorum," dedi Peter,
başkan dışarı sürünürken. "Bu haksızlık."

* * *

"Gizli ajan raporunu getirdin mi?" diye sordu Margaret.

"Evet," dedi Susan.

"Yüksek sesle oku," dedi Margaret.

Susan bir kağıt parçası çıkarıp okumaya başladı:

"Dün sabah, düşmanın evini iki saat gözetledim –"

"Hangi sabah?" diye araya girdi Margaret.

"Cumartesi sabahı," dedi Susan. "Gri saçlı ve bere giymiş bir kadın yoldan geçti."

"Beresi ne renkti?" dedi Margaret.

"Bilmiyorum," dedi Susan.

"Sen ne biçim bir ajansın, berenin ne renk olduğunu bile bilmiyorsun," dedi Margaret.

"Raporuma devam edebilir miyim lütfen?" dedi Susan.

"Ben seni durdurmuyorum ki," dedi Margaret.

"Daha sonra, düşman, kardeşi ve annesiyle birlikte evden çıktı. Düşman kardeşini iki kere tekmeledi. Annesi ona bağırdı. Sonra postacıyı gördüm –"

"NUNGA!" diye ciyakladı dışarıdan bir ses.

Margaret ve Susan donup kaldılar.

"NUNGA!!!" diye ciyakladı yine aynı ses. "İçeride olduğunuzu biliyorum!"

"Aaaaahh!" diye gıcırdadı Susan. "Henry bu!"

"Çabuk! Saklanalım!" diye fısıldadı Margaret.

Gizli ajanlar iki kutunun arkasına saklandılar.

"Ona parolamızı mı söyledin!" diye fısıldadı Margaret. "Bunu nasıl yaparsın!"

"Ben söylemedim!" diye fısıldadı Susan. "Parolayı hatırlamıyordum bile, nasıl söylemiş olabilirim ki? Ona sen söyledin!"

"Söylemedim," diye fısıldadı Margaret.

"NUNGA!!!" diye ciyakladı Henry yine. "Beni içeri almak zorundasınız! Parolayı biliyorum."

"Şimdi ne yapacağız?" diye fısıldadı Susan. "Parolayı bilen girebilir demiştin."

"Son kez söylüyorum, NUNGAAAAA!"

diye bağırdı Felaket Henry.

"Nunga Nu," dedi Margaret. "İçeri gel."

Henry kasılarak çadıra girdi. Margaret ona dik dik baktı.

"Siz bana bakmayın," dedi Henry, bir taraftan bütün çikolatalı kurabiyeleri avuçlayıp ağzına tıkıştırıyordu. Sonra her yere kırıntılar saçarak, halının üzerine yayıldı.

"Ne yapıyorsunuz bakalım?" dedi Felaket Henry.

"Hiçbir şey," dedi Huysuz Margaret.

"Hiçbir şey," dedi Hırçın Susan.

"Bir şeyler yapıyordunuz," dedi Henry.

"Sen kendi işine bak," dedi Margaret. "Susan şimdi, oğlanları kulübe alıp almamayı oylayalım. Ben hayır oyu veriyorum."

"Ben de hayır oyu veriyorum," dedi Susan.

"Üzgünüm Henry, sen katılamazsın. Lütfen dışarı."

"Hayır," dedi Henry.

"ÇIK DIŞARI," dedi Margaret.

"Çıkar da görelim," dedi Henry.

Margaret derin bir nefes aldı. Sonra ağzını açtı ve çığlık attı. Kimse Huysuz Margaret kadar yüksek sesle, uzun ve kulak tırmalayıcı çığlık atamazdı. Ardından Susan da çığlık atmaya başladı.

Henry, masa olarak kullandıkları sandığı devirerek ayağa kalktı.

"Kendinizi kollayın," dedi Henry. "Çünkü Mor El geri dönecek!" Çıkmak için arkasını döndü.

Huysuz Margaret arkasından fırlayıp onu çadırın kapısından dışarı itti. Henry dışarıdaki bir çalının üzerine düştü.

"Bana bir şey yapamazsınız!" diye bağırdı Henry. Kendini toparlayıp, duvarın üzerinden atladı. "En büyük Mor El!"

"Yok canım," diye mırıldandı Margaret. "Göreceğiz bakalım."

Henry, omuzunun üzerinden arkasına baktı. Kimsenin izlemediğinden emin olduktan sonra kalesine doğru süründü.

"Kokulu kurbağa," diye fısıldadı nöbetçiye.

Dallar aralandı. Henry

içeri tırmandı.

"Onlara saldırdın mı?" dedi Peter.

"Tabii ki," dedi Henry. "Margaret'ın çığlığını duymadın mı?"

"Parolalarını duyan bendim, onun için benim gitmem gerekirdi," dedi Peter.

"Bu kimin kulübü peki?" dedi Henry.

Peter'ın dudakları aşağı doğru sarktı.

"Tamam, dışarı!" dedi Henry.

"Üzgünüm!" dedi Peter. "Lütfen Henry, Mor El'in gerçek bir üyesi olabilir miyim artık?"

"Hayır," dedi Henry. "Daha çok küçüksün. Ve sakın ha ben burada yokken kaleye girmeye kalkma."

"Tamam," dedi Peter.

"İyi," dedi Henry. "Planımız şu. Margaret'ın çadırına bir bubi tuzağı kuracağım. İçeri girdiğinde de..."

Henry, Huysuz Margaret'ın çamur içindeki hali gözünün önüne gelince kahkahalar attı.

Margaret'ın gizli kulübünde işler yolunda değildi.

"Hep senin suçun," dedi Margaret.

"Hayır değil," dedi Susan.

"Çok boşboğazsın ve berbat bir ajansın."

"Değilim," dedi Susan.

"Başkan benim ve bir numaralı kuralı çiğneyip, parolamızı düşmana söylediğin için seni bir haftalığına kulüpten uzaklaştırıyorum. Şimdi çık dışarı."

"Lütfen kalmama izin ver," dedi Susan.

"Olmaz," dedi Margaret.

Susan, yüzünde o emredici ifade varken, Margaret ile tartışmaması gerektiğini biliyordu.

"Çok kötüsün," dedi Susan.

Huysuz Margaret bir kitap alıp okumaya başladı.

Hırçın Susan kalkıp çadırdan çıktı.

"Henry'nin hakkından nasıl geleceğimi biliyorum," diye düşündü Margaret. "Henry'nin kalesine bir bubi tuzağı kuracağım. Ve o geldiğinde..." Margaret, Felaket Henry'nin çamur içindeki hali gözünün önüne gelince kahkahalar attı.

Öğle yemeğinden hemen önce, Henry gizlice Margaret'ın bahçesine girdi. Elinde su dolu plastik bir kova ve biraz ip vardı. İpi yerden biraz yüksekte gererek, ucunu tam çadırın girişinin üzerine astığı kovaya bağladı.

Öğle yemeğinden hemen sonra, Margaret gizlice Henry'nin bahçesine girdi. Elinde su dolu plastik bir kova ve biraz ip vardı. İpi yerden biraz yüksekte gererek, ucunu tam kalenin girişinin üzerine astığı kovaya bağladı. Henry'nin ipe takılıp da kovadaki su üzerine döküldüğündeki sırılsıklam halini görmek için neler vermezdi.

Mükemmel Peter elinde bir topla

bahçeye çıktı. Henry onunla oynamıyordu ve yapacak bir şey de yoktu.

Neden kaleye gitmiyorum ki? diye düşündü Peter. Yapılırken ben de yardım ettim.

O sırada Hırçın Susan yan bahçeye girdi. Yüzü çok asıktı.

Neden çadıra gitmiyorum ki? diye düşündü Susan. Orası benim de kulübüm.

Mükemmel Peter kaleye girerken ayağı ipe takıldı.

PALDIR KÜLDÜR! FOŞŞ!

Hırçın Susan çadıra girerken ayağı ipe takıldı.

PALDIR KÜLDÜR! FOŞŞ!

Felaket Henry bağırışmalar duydu. Neşeyle bağırarak bahçeye fırladı.

"Ha! Ha! Tuzağıma düştün Margaret!"

Sonra Henry durdu.

Huysuz Margaret bağırışmalar duydu. Neşeyle bağırarak bahçeye fırladı.

"Ha! Ha! Tuzağıma düştün Henry!"

Sonra Margaret durdu.

"Yeter artık!" dedi Peter. "Ben gidiyorum!"

"Ama ben yapmadım ki," dedi Henry.

"Yeter artık!" diye sızlandı Susan. "Ben bırakıyorum."

"Ama ben yapmadım ki," dedi Margaret.

"Kahretsin!" dedi Henry.

"Kahretsin!" dedi Margaret.

Birbirlerine ters ters baktılar.

3

MÜKEMMEL PETER'IN FELAKET GÜNÜ

"Henry, çatalını kullan!" dedi Baba.

"*Ben* çatalımı kullanıyorum," dedi
Peter.

"Henry, yerine otur!" dedi Anne.

"*Ben* oturuyorum," dedi Peter.

"Henry, tükürüklerini saçmayı kes!" dedi
Baba.

"*Ben* tükürüklerimi saçmıyorum," dedi
Peter.

"Henry, yemeğini yerken ağzını kapat!"
dedi Anne.

"*Ben* yemeğimi yerken ağzımı
kapatıyorum," dedi Peter.

"Henry, ortalığı dağıtma!" dedi Baba.

"*Ben* dağıtmıyorum," dedi Peter.

"Ne?" dedi Anne.

Mükemmel Peter mükemmel bir gün geçirmiyordu.

Anne ve Baba Henry'e bağırmaktan *benim* ne kadar iyi olduğumu fark etmiyorlar bile, diye düşündü Peter.

En son ne zaman, "Muhteşem! Peter, çatalını kullanıyorsun!" "Harika! Peter, yerinde oturuyorsun!" "Süper! Peter, tükürmüyorsun!" "Müthiş! Peter, yemeğini yerken ağzını kapatıyorsun!" "Mükemmel Peter, ortalığı hiç dağıtmıyorsun!" demişlerdi?

Mükemmel Peter üst kata çıktı.

Herkes benim mükemmel olmamı bekliyor, diye düşündü Peter, Agnes Teyze'ye gönderdiği termal fanilalar için bir teşekkür notu yazarken.

Alt kattan sesler yükseldi.

"Henry, çamurlu ayakkabılarını koltuktan çek!" diye bağırdı Baba.

"Felaket Henry, kes şunu," diye bağırdı Anne.

Mükemmel Peter düşünmeye başladı.

Ya *ben de* felaket olsaydım? diye düşündü Peter.

Peter dehşete düştü. Ne korkunç bir düşünce! Kimse fark etti mi diye, hızla etrafına bakındı.

Kusursuz odasında yalnızdı. Kimse böyle korkunç bir şey düşündüğünü bilmeyecekti.

Felaket olduğunu düşünsene. Yoo, bu olacak şey değildi.

Peter mektubunu bitirdi, en sevdiği dergi olan *Harika Çocuk*'tan birkaç sayfa okudu, yatağına yatıp ışığı söndürdü.

Felaket olduğunu düşünsene.

Ya felaket olsaydım diye düşündü Peter. Ne olurdu acaba?

Ertesi sabah uyandığında, kahvaltıyı hazırlamak için aşağı koşmadı. Bunun yerine, yatakta beş dakika daha tembellik etti.

Sonunda yataktan kalktığında, Peter çarşafları düzeltmedi.

Peter yastıklarını da kabartmadı.

Bunun yerine, Peter derli toplu odasına bir göz attı ve aklına çok şeytanca bir fikir geldi.

Fikrini değiştirmeden, hızla pijamasının üstünü çıkarttı ve güzelce katlayacağına onu yere attı.

Anne odaya girdi.

"Günaydın hayatım. Yorgun olmalısın, uyuyakaldın."

Peter, Anne'nin odasındaki dağınıklığı

fark edeceğini umuyordu.

Anne hiçbir şey söylemedi.

"Bir şey fark ettin mi, Anne?" dedi Peter.

Anne çevresine baktı.

"Hayır," dedi.

"Oh," dedi Peter.

"Ne?" dedi Anne.

"Yatağımı toplamadım," dedi Peter.

"Akıllı çocuk, bugünün çamaşır günü olduğunu unutmamışsın," dedi Anne. Çarşaf ve nevresimleri topladı, sonra da

Peter'ın pijamasını çıkardı.

"Teşekkürler tatlım," dedi Anne.

Gülümsedi ve odadan çıktı.

Peter kaşlarını çattı. Açıkça görünüyordu ki, felaket olmak için daha çok çalışmalıydı.

Güzelce dizilmiş kitaplarına baktı.

"Hayır!" diye soludu, aklına korkunç bir düşünce gelince.

Sonra Peter doğruldu. Bugün onun felaket olma günüydü ve felaket olacaktı. Gidip kitaplarını devirdi.

"HENRY!" diye bağırdı Baba. "Hemen yataktan kalk!"

Henry Peter'n kapısının önünden geçiyordu.

Peter ona kötü bir şeyler söylemeye karar verdi.

"Merhaba çirkin şey," dedi Peter. Sonra da iyice coşup dilini çıkardı.

Henry Peter'ın odasına girdi. Peter'a öfkeyle baktı.

"Sen bana ne dedin?" dedi Henry.

Peter çığlık attı.

Anne koşarak odaya girdi.

"Felaket Henry, kes şunu! Ortalığı nasıl da dağıtmışsın!"

"Bana çirkin dedi," dedi Henry.

"Eminim dememiştir," dedi Anne.

"Ama dedi," dedi Henry.

"Peter hiç kimseye kötü isimler takmaz," dedi Anne. "Şimdi devirdiğin şu kitapları kaldır bakalım."

"Onları ben devirmedim," dedi Henry.

"Peki kim yaptı o zaman, uzaylılar mı?" dedi Anne.

Henry, Peter'ı gösterdi.

"O yaptı," dedi Henry.

"*Sen* mi yaptın?" diye sordu Anne.

Peter gerçekten çok çok kötü bir şey yapıp yalan söylemek istedi. Ama yapamadı.

"Ben yaptım Anne," dedi Peter. İşte şimdi başı belaya girecekti.

"Saçmalama, tabi ki sen yapmadın," dedi Anne. "Henry'yi korumak için öyle söylüyorsun."

Anne Peter'a gülümsedi ve Henry'ye kızgın kızgın baktı.

"Şimdi Peter'ı rahat bırak da üstünü giy," dedi Anne.

"Ama bugün tatil," dedi Henry.

"Eee?" dedi Anne.

"Ama Peter da giyinmemiş."

"Eminim, sen içeri daldığında o da giyinmek üzereydi," dedi Anne. "Bak pijamasının üstünü çıkarmış bile."

"Ben giyinmek istemiyorum," dedi Peter açıkça.

"Zavallı çocuk," dedi Anne. "Kendini iyi hissetmiyor musun? Hemen yatağına dön, ben kahvaltını yukarı getiririm. Dur da önce temiz çarşaf sereyim."

Mükemmel Peter kaşlarını çattı. Felaket olma konusunda henüz pek başarılı değildi. Daha çok çalışması gerekiyordu.

Öğle yemeğinde Peter makarnaları elleriyle yedi. Kimse fark etmedi.

Sonra Henry makarnaları iki eliyle avuçladı ve birazını şapırdatarak ağzına tıktı.

"Henry! Çatalını kullan!" dedi Baba.

Peter tükürüklerini tabağına saçtı.

"Peter, boğazına bir şey mi kaçtı?" dedi Baba.

Henry masanın karşı tarafına tükürüklerini saçtı.

"Henry! Hemen ağzını topla ve tükürüklerini saçmayı kes!" dedi Baba.

Peter yemeğini ağzı açık yiyordu.

"Peter, dişlerinde bir problem mi var?" diye sordu Anne.

Henry ağzını açabildiği kadar açarak şapırdattı, yutkundu ve salyalar saçtı.

"Henry! Seni son defa uyarıyorum. Yemek yerken ağzını kapalı tut!" diye bağırdı Baba.

Peter hiç anlamıyordu. Neden kimse ne kadar felaket olduğunu fark etmiyordu? Masanın altından ayağını uzatıp Henry'ye tekme attı.

Henry onu daha beter tekmeledi.

Peter çığlık attı.

Henry'ye masadan kalkması söylendi. Peter tatlısını yedi.

Mükemmel Peter ne yapacağını bilmiyordu. Felaket olmak için ne kadar uğraşsa da işe yaramıyordu.

"Çocuklar," dedi Anne. "Bugün çaya büyükanneniz geliyor. Lütfen evi dağıtmayın ve çikolatalardan uzak durun."

"Hangi çikolatalar?" dedi Henry.

"Boşver," dedi Anne. "Büyükanne gelince, sen de biraz yersin."

O zaman Peter'ın aklına gerçekten korkunç bir fikir geldi. İzin almadan masadan kalktı ve sessizce oturma odasına gitti.

Peter her tarafı iyice aradı. Sonunda kitapların arkasına saklanmış koca bir kutu çikolata buldu.

Peter kutuyu açtı. Her parçadan küçük bir ısırık aldı. Ortası yapışkan karamelalı olanlardan bulunca olanları yiyip bitirdi. Ahududu, çilek ve limon kremalı olanları geri koydu.

Ha ha, diye düşündü Peter. Çok heyecanlanmıştı. Yaptığı kesinlikle korkunç bir şeydi. Anne ve Baba mutlaka fark edeceklerdi.

Peter sonra derli toplu oturma odasına baktı. Neden ortalığı biraz dağıtmıyordu?

Peter koltuğun üzerinden bir yastık aldı. Tam yere atacakken birinin odaya girdiğini duydu.

"Ne yapıyorsun?" dedi Henry.

"Hiç, çirkin şey," dedi Peter.

"Bana çirkin şey deme, kurbağa surat," dedi Henry.

"Bana kurbağa surat deme, çirkin şey," dedi Peter.

"Kurbağa surat!"

"Çirkin şey!"

"KURBAĞA SURAT!"

"ÇİRKİN ŞEY!"

Anne ve Baba koşarak odaya girdiler.

"Henry!" diye bağırdı Baba. "Kes yaramazlığı."

"Yaramazlık yapmıyorum ki!" dedi Henry. "Peter bana kötü isimler takıyor."

Anne ve Baba birbirlerine baktılar. Neler oluyordu?

"Yalan söyleme Henry," dedi Anne.

"Ona gerçekten isim taktım Anne," dedi Peter. "Ona çirkin şey dedim, çünkü çok çirkin. İşte böyle."

Anne hayretle Peter'a baktı.

Baba hayretle Peter'a baktı.

Henry hayretle Peter'a baktı.

"Eğer Peter sana bir isim taktıysa, önce sen ona taktığın içindir," dedi Anne. "Şimdi Peter'ı rahat bırak."

Anne ve Baba odadan çıktılar.

"Oh canıma değsin, Henry," dedi Peter.

"Bugün çok garip davranıyorsun," dedi Henry.

"Hayır, hiç de değil," dedi Peter.

"Evet öyle," dedi Henry. "Beni kandıramazsın. Dinle, Büyükanne'ye bir oyun oynamaya ne dersin?"

"Hayır!" dedi Peter.

Ding dong.

"Büyükanne geldi!" dedi Baba.

Anne, Baba, Henry, Peter ve Büyükanne hep birlikte oturma odasındaydılar.

"Çantanı alayım, Büyükanneciğim," dedi Henry tatlı tatlı.

"Teşekkür ederim tatlım," dedi Büyükanne.

Kimsenin bakmadığı bir anda, Henry, Büyükanne'nin çantasından gözlüklerini aldı ve Peter'ın yastığının arkasına sakladı.

Anne ve Baba, en güzel porselen takımlarında çay ve kurabiye servisi yaptılar.

Peter koltuğun kenarına oturmuş soluğunu tutuyordu. Anne, her an -yarısı yenmiş- çikolataların kutusunu çıkartabilirdi.

Anne ayağa kalktı ve kutuyu aldı.

"Peter, çikolataları sen dağıtır mısın?" dedi Anne.

"Tamam," dedi Peter. Dizleri titriyordu. Herkes, Peter'ın ne korkunç bir şey yaptığını anlayacaktı.

Peter kutuyu gezdirmeye başladı.

"Bir çikolata alır mısın Anne?" dedi
Peter. Kalbi küt küt atıyordu.

"Hayır, teşekkür ederim," dedi
Anne.

"Ya ben?" dedi Henry.

"Bir çikolata alır mısın Baba?" dedi Peter.
Elleri titriyordu.

"Hayır, teşekkür ederim," dedi Baba.

"Peki ya ben!" dedi Henry.

"Şşt, Henry," dedi Anne. "Bu kadar kaba
olmamalısın."

"Bir çikolata alır mısın Büyükanne?"
dedi Peter.

Artık kaçış yoktu. Büyükanne çikolataya
bayılırdı.

"Evet, lütfen!" dedi Büyükanne.
Dikkatle kutuya baktı. "Bakalım,
hangisinden alsam? Gözlüklerim nerede
acaba?"

Büyükanne el yordamıyla çantasını
karıştırdı.

"Çok tuhaf," dedi Büyükanne. "Gözlüklerimi getirdiğime eminim. Neyse."

Büyükanne kutuya uzandı, bir çikolata seçip ağzına attı.

"Oh," dedi Büyükanne. "Çilek kreması. Haydi Peter, sen de al bir tane."

"Hayır, teşekkür ederim," dedi Peter.

"PEKİ YA BANA YOK MU!" diye bağırdı Felaket Henry.

"Sana yok," dedi Baba. "Bu şekilde istenmez."

Peter dişlerini sıktı. Çikolataları ısırdığını kimse fark etmezse, bu işi kendinin yapması gerekecekti.

"Ben bir tane alacağım," dedi Peter yüksek sesle. "Hey! Yapışkan olanları kim bitirdi? Ve diğerlerini kim ısırdı?"

"Henry!" diye haykırdı Anne. "Sana milyon kere söyledim, çikolatalara dokunma diye!"

"Ben yapmadım!" dedi Henry. "Peter yaptı!"

"Peter'ı suçlamayı bırak," dedi Baba. "Biliyorsun, o hiç tatlı yemez."

"Haksızlık!" diye çığlık attı Henry. Sonra kutuyu Peter'ın elinden kaptı. "ÇİKOLATA istiyoruuum!"

Peter kutuyu geri almaya çalıştı. Ağzı açık kutu yere düştü. Çikolatalar her yere saçıldı.

"HENRY, ÇABUK ODANA GİT!" diye bağırdı Anne.

"HAKSIZLIK!" diye çığlık attı Henry. "Ben sana gösteririm, Peter!"

Sonra, Felaket Henry koşarak odadan çıktı ve kapıyı arkasından çarptı.

Büyükanne Peter'a yanına oturmasını işaret etti. Peter oturdu. Olanlara inanamıyordu. Fark edilebilmek için bir çocuk daha ne yapmalıydı?

"Benim harika çocuğum nasıl bakalım?" diye sordu Büyükanne.

Peter içini çekti.

Büyükanne ona sarıldı. "Sen dünyadaki en iyi çocuksun, bunu biliyor muydun Peter?"

Peter mutlulukla gülümsedi. Büyükanne haklıydı! O en iyiydi.

Ama bir dakika. Bugün onun felaket davranma günüydü.

HAYIR! O mükemmeldi. Felaket günü

artık bitmişti.

Zaten mükemmel olmak onu çok daha mutlu ediyordu. Felaket olmak berbat bir şeydi.

Bir günlüğüne felaket oldum, diye düşündü Peter. Şimdi tekrar mükemmel olabilirim.

Ne harika bir fikir. Peter gülümsedi ve arkasındaki yastığa yaslandı.

ÇATIRT!

"Aman tanrım," dedi Büyükanne. "Bu ses benim gözlüklerimden gelmiş olmasın. Oraya nasıl girdiler acaba."

Anne Peter'a baktı.

Baba Peter'a baktı.

"Ben yapmadım!" dedi Peter.

"Tabii sen yapmadın," dedi Anneanne. "Ben düşürmüş olmalıyım. Ne şaşkınım."

"Hımmmm," dedi Baba.

Mükemmel Peter mutfağa koştu ve etrafa bakındı. Yine mükemmel olduğuma göre, ne iyilik yapabilirim? diye düşündü.

Tezgâhın üzerindeki kirli tabak ve çay fincanları yığınını gördü. Daha önce hiç bulaşığın tamamını yıkamamıştı. Anne ve Baba çok memnun olacaktı.

Peter bütün bulaşığı dikkatle yıkadı ve kuruladı.

Hepsini üst üste koyup dolaba taşıdı.

"BOOOOOOO!" diye bağırdı Felaket Henry, kapının arkasından fırlayarak.

ŞANGIRR!

Henry gözden kayboldu.

Anne ve Baba içeri daldılar.

En güzel porselenler paramparça yerlere saçılmıştı.

"PETER!!!" diye bağırdı Anne ve Baba.

"SENİ FELAKET ÇOCUK!" diye bağırdı Anne.

"ÇABUK ODANA!" diye bağırdı Baba.

"Ama... ama..." diye kekeledi Peter.

"AMASI YOK!" diye bağırdı Anne. "DOĞRU ODANA! Ah benim güzel porselenlerim."

Mükemmel Peter odasına koştu ve "AAAAAAAAAAHHHHH!" diye çığlık attı.

4

FELAKET HENRY'NİN DOĞUM GÜNÜ PARTİSİ

Şubat, Felaket Henry'nin en sevdiği aydı.

Doğum günü şubattaydı.

"Yakında doğum günüm var! Ve de doğum günü partim! Yaşasın!" dedi Henry. Bunu Noel'den beri her gün söylüyordu.

Şubat, Henry'nin annesiyle babasının en sevmedikleri aydı.

"Çok yakında Henry'nin doğum günü," dedi Baba sıkıntılı bir sesle.

"Ve de doğum günü partisi," dedi Anne daha da sıkıntılı bir sesle.

Her yıl, Henry'nin doğum günü partisinin bir önceki yıldan daha kötü

olamayacağını düşünürlerdi. Ama her zaman daha kötü olurdu.

Her yıl Anne'yle Baba, Henry'ye bir daha asla doğum günü partisi yapmayacaklarını söylerlerdi. Ama her yıl Henry'ye son bir şans daha vermeye karar verirlerdi.

Henry'nin bu yılki parti için büyük planları vardı.

"Ben Lazer Zap'a gitmek istiyorum," dedi Henry. Sert Toby'nin doğum günü için Lazer Zap'a gitmişlerdi ve bütün öğleden sonra uzaylılar gibi giyinerek, karanlık tünellerde birbirlerini zaplayarak çok iyi vakit geçirmişlerdi.

"HAYIR, çok vahşi," dedi Anne.

"Katılıyorum," dedi Baba.

"Ve çok pahalı," dedi Anne.

"Katılıyorum," dedi Baba.

"Ancak, bu partinin evde olmayacağı

anlamına gelir," dedi Baba.

Anne'yle Baba birbirlerine baktılar.

"Nasıl rezervasyon yaptırıyorum?" diye sordu Anne.

"Yaşasın!" diye bağırdı Henry. "Zap! Zap! Zap!"

Felaket Henry, elinde bir bloknotla sığınağında oturuyordu.

En üste, büyük harflerle şöyle yazdı:

HENRY'NİN PARTİ PLANLARI

ÇOK GİZLİ!!!

İlk sayfanın en üstüne ise şöyle yazdı:

DAVETLİLER

Başlığın altında uzun bir liste vardı. Henry uzun listeye bakarak, kaleminin arkasını çiğnedi.

Aslında Margaret'in gelmesini istemiyorum. Çok huysuz, diye düşündü Henry.

Sonra da Margaret'in isminin üstünü çizdi.

Ve kesinlikle Susan'ın gelmesini de istemiyorum. Çok hırçın.

Aslında hiçbir kızın gelmesini istemiyorum diye düşündü Henry. Akıllı Clare'le Tembel Linda'nın isimlerinin üstünü de çizdi.

Bir de Tedirgin Andrew vardı.

Hayır, diye düşündü Henry, Andrew'un isminin üstünü çizerken. Andrew hiç eğlenceli değildi.

Toby olabilirdi ama Henry onu pek sevmezdi.

Sert Toby de listeden çıktı.

William?

Kesinlikle olmaz, diye düşündü Henry. William'ın zaplandığı anda ağlamaya başlayacağından emindi.

Böylece Sulugöz William da listeden çıktı.

Ralph?

Henry düşündü. Ralph mutlaka başını derde sokacağından, iyi olurdu. Ancak o da Henry'yi kendi partisine davet etmemişti.

Kaba Ralp'in ismi de listeden çıktı.

Geveze Bob, Neşeli Josh, Açgözlü
Graham ve Titrek Dave de listeden
silindiler. Ayrıca doğum gününde Peter'ın
yanına bile yaklaşmasına izin vermeye
niyeti yoktu.

Ah, işte bu çok daha iyi, doğum günü
partisine hiçbir felaket çocuk
gelmeyecekti.

Tek bir problem vardı. Listedeki bütün
isimlerin üstü çizilmişti.

Davetli olmaması, hediye de olmaması
demekti.

Henry tekrar listesine baktı. Margaret
huysuzun tekiydi ve Henry de ondan
nefret ederdi, ama bazen güzel hediyeler
getirirdi. Margaret'ın geçen yıl hediye
ettiği dev yapışkan sıvıyı hâlâ
saklıyordu.

Ve Toby de Henry'yi doğum gününe
davet etmişti.

Ve Dave her zaman kendi etrafında topaç gibi döner, bir şeyleri devirir ve kırardı ki bu da çok eğlenceliydi. Graham her zaman çok fazla yer ve geğirirdi. Ve Ralph de her zaman kaba sözler söyleyerek, bütün büyükleri kızdırırdı.

Haydi, hepsi de gelsin, tabi Peter hariç, diye düşündü Henry. Ne kadar çok gelen olursa o kadar fazla hediyem olur!

Henry bir sonraki sayfaya şöyle yazdı:

İSTEDİĞİM HEDİYELER
Süper ıslatıcı 2000, şimdiye kadar yapılmış
en iyi su tabancası
Casus faksı
Mikro makineler
Yapışkan sıvı
GameBoy
Gezegenlerarası samuray gorilleri
Koku bombaları
Ev fareleri
Pırt torbası
25 vitesli dağ bisikleti
Para

Listeyi Anne'yle Baba'nın bulabileceği bir
yere koymaya karar verdi.

"Doğum günü partisi için menüyü
hazırladım."

"Ne düşünüyorsun?" dedi Anne.

ANNE'NİN HAZIRLADIĞI MENÜ
Bebe havuç
Salatalıklı sandviç
Fıstık ezmeli sandviç
Üzüm
Kuru meyve
Elma suyu
Havuçlu kek

"Bööörk," dedi Henry. Partimde bu iğrenç yiyecekleri istemiyorum. Benim sevdiğim yiyecekleri istiyorum."

HENRY'NİN HAZIRLADIĞI MENÜ
Soğan turşulu canavar sandviçi
Tütsülenmiş örümcek çerezi
Süper baharatlı kirpi cipsi
Çatırtılı gevrek
Ağızda patlayan şeker
Eflatun gezegen patlatan içeceği

Çikolatalı gofret
Çikolatalı yumurta
Çikolatalı dev pasta

"Sağlıksız yiyecekler olmaz," dedi Anne.

"Bu yiyecekler sağlıksız değil. Cips patatesten yapılır ve canavar sandviçinde de soğan var. İşte ikisi de sebze," dedi Henry.

"Henry..." dedi Anne. Çok kızgın görünüyordu.

Henry hazırladığı menüye tekrar baktı. Sonra da küçük harflerle listenin sonuna ekledi.

fıstık ezmeli sandviç

"Ama masanın ortasında duracaklar. Böylece onları yemek istemeyen kimse yemek zorunda kalmayacak," dedi Henry.

"Tamam," dedi Anne. Yıllardır

Henry ile partisi hakkında tartışmak onu yıpratmıştı.

"Ve Peter doğum günüme gelmiyor," dedi Henry.

Ayakkabılarının cilasını parlatmaya ara vererek "Ne?!" dedi Peter.

"Peter senin erkek kardeşin. Tabii ki doğum gününe gelecek," dedi Anne.

Henry kaşlarını çattı.

"Ama o her şeyi mahveder."

"Peter yoksa parti de yok," dedi Anne.

Henry ateş üfleyen bir ejderha taklidi yaptı.

"Ayyy!" diye bağırdı Peter.

"Felaket Henry, kes şunu," diye bağırdı Anne.

"Peki, tamam gelebilir. Ama beden uzak dursan iyi olur," diye tısladı Henry.

"Anne! Henry bana haince davranıyor," diye hayıflandı Peter.

"Yeter artık, Henry," dedi Anne.

Henry konuyu değiştirmeye karar verdi.

"Ya davetlilere vereceğimiz parti torbaları? Herkese yapışkan sıvıdan ve çeşit çeşit şekerlemelerden vermek istiyorum. En güzel şekerlemeler kir topları, burun karıştırıcılar ve sünger dişler," dedi Henry.

"Bakarız," dedi Anne. Sonra da takvime baktı. Sadece iki gün kalmıştı. Çok yakında bütün bunlar bitecekti.

Sonunda Henry'nin doğum günü geldi.

"Mutlu yıllar Henry!" dedi
Anne.

"Mutlu yıllar Henry!" dedi
Baba.

"Mutlu yıllar Henry!" dedi
Peter.

"Hediyelerim nerede?" dedi
Henry.

Baba hediyelerin olduğu yeri gösterdi,
Henry de saldırıya geçti.

Anne'yle Baba ona bir *İlk Ansiklopedi*,
Scrabble, bir dolmakalem, el örgüsü bir
kazak, bir küre ve üç çift fanila ve don
vermişlerdi.

"Hıı," dedi Henry ve bu berbat hediyeleri
elinin tersiyle bir köşeye itti.

"Başka bir şey var mı?" diye sordu umut
dolu bir sesle. Belki de süper su tabancasını
en sona saklamışlardı.

"Sana ben de bir hediye aldım. Ben
kendim seçtim," dedi Peter.

Henry paketin kağıdını parçalayarak açtı.
Bu bir goblen yapma setiydi.

"İğrenç!" dedi Henry.

"İstemiyorsan ben alabilirim," dedi
Peter.

"Hayır!" dedi Henry ve seti Peter'ın
elinden kaparcasına aldı.

"Henry'nin doğum günü partisini Lazer
Zap'ta yapmak çok iyi bir fikir değil
miydi?" dedi Baba.

"Evet, kargaşa yok, gürültü yok," dedi
Anne.

Birbirlerine gülümsediler.

Zır zır.

Baba telefona cevap verdi. Arayan Lazer
Zap görevlisiydi.

"Merhabalar, doğum günü
çocuğunun adını öğrenmek için
arıyorum. Parti sırasında ismi
hoparlörlerden anons ediyoruz,"
dedi.

Baba Henry'nin ismini
verdi.

Telefondan acı bir çığlık yükseldi. Baba
ahizeyi kulağından uzaklaştırdı.

Bağırış ve çığlıklar devam etti.

"Hımmm. Anlıyorum. Teşekkürler," dedi
Baba.

Baba telefonu kapattı. Yüzü bembeyaz
olmuştu.

"Henry!"

"Evet?"

"Toby'nin partisi için gittiğinizde, Lazer Zap'ın altını üstüne getirdiğin doğru mu?" diye sordu Baba.

"Hayır!" dedi Henry. Zararsız görünmeye çalışıyordu.

"Peki diğer çocukları çiğnediğin?"

"Hayır!" dedi Henry.

"Evet çiğnedin. Ya kırdığın lazerlere ne demeli?" dedi Peter.

"Ne lazeri?" dedi Henry.

"Ya uzaylı giysilerinin içine attığın yapışkan maddeler?" dedi Peter.

"O ben değildim, ispiyoncu," dedi Henry. "Peki benim partim ne olacak?"

"Korkarım ki Lazer Zap'a girmen yasaklanmış," dedi Baba.

"Peki Henry'nin partisi ne olacak?" dedi Anne. Rengi bembeyaz olmuştu.

"Peki partim ne olacak?! Ben Lazer Zap'a gitmek istiyorum!" diye mızıldandı Henry.

"Dert etmeyin, ben bir dolu güzel oyun biliyorum," dedi Baba.

Ding dong.

Gelen ilk misafir, Hırçın Susan'dı. Elinde kocaman bir hediye paketi vardı.

Henry paketi kaptı.

Hediye, boya kalemleri ile bir tomar resim kağıdıydı.

"Ne kadar güzel. Ne diyeceksin Henry?" dedi Anne.

"Benim bunlardan var zaten," dedi Henry.

"Henry, kes şunu," dedi Anne.

Umurumda bile değil, diye düşündü Henry. Bu hayatının en kötü günüydü.

Ding dong.

Gelen ikinci misafir, Endişeli Andrew'du.

Eline düçük bir paket vardı.

Henry paketi kaptı.

"Çok küçük gözüküyor ve de kokuyor," dedi paketi parçalarcasına açarken.

Paketten bir kutu dolusu hayvan şekilli sabun çıktı.

"Ne kadar güzel. Ne diyeceksin Henry?" dedi Baba.

"Öğğğğğ!" dedi Henry.

"Felaket Henry, kes şunu," dedi Baba.

Henry alt dudağını sarkıttı.

"Bu benim partim ve istediğimi yaparım," diye homurdandı Henry.

"Adımlarına dikkat et genç adam," dedi Baba.

Henry babanın arkasından dilini çıkardı.

Diğer davetliler de geldi.

Tembel Linda ona "En sevilen masallar: Sindirella, Pamuk Prenses ve Uyuyan Güzel" kasedini hediye etti.

"Harika," dedi Anne.

"İğrenç!" dedi Henry.

Akıllı Clare kare şeklinde bir paket verdi.

Henry paketi kenarlarından tuttu.

"Bir kitap," diye inledi.

"Benim en sevdiğim hediye!" dedi Peter.

"Harika, ne kitabı?" dedi Anne.

Henry yavaşça paketi açtı.

"*Sağlıklı ve Besleyici Yemekler Pişirme Rehberi*"

"Harika, ödünç alabilir miyim?" dedi Peter.

"HAYIR!" diye bağırdı Henry. Sonra da kitabı yere atıp üzerinde tepinmeye başladı.

"Henry!" diye fısıldadı Anne. "Seni uyarıyorum, birisi sana bir hediye verdiğinde teşekkür ederim demelisin."

En son Kaba Ralph geldi.

Henry'ye gazete kağıdına sarılmış, büyük dikdörtgen bir paket verdi.

Paketten Süper Islatıcı 2000 su tabancası çıktı.

"Oh," dedi Anne.

"Hemen kaldır onu," dedi Baba.

"Teşekkür ederim Ralph. Tam istediğim hediye," dedi Henry sevinçle.

"Haydi, paketi dolaştırma oyununa başlayalım," dedi Baba.

"Ben paketi dolaştırma oyunundan nefret ederim," dedi Henry. Ne kadar da felaket bir partiydi bu.

"Ben paketi dolaştırma oyununa bayılırım," dedi Peter.

"Ben oynamak istemiyorum," dedi Hırçın Susan.

"Ne zaman yemek yiyeceğiz? " dedi Açgözlü Graham.

Baba müziğin sesini açtı.

"William, paketi yan tarafa geçir," dedi Baba.

"Hayır, o benim," diye çığlık attı William.

"Ama müzik hâlâ çalıyor," dedi Baba.

William ağlamaya başladı.

Felaket Henry, paketi zorla William'ın elinden almaya çalıştı.

Baba müziği durdurdu.

William hemen ağlamayı kesti ve paketi açtı.

"Yulaf ezmeli kraker," dedi.

"Ne kadar iğrenç bir ödül," dedi kaba Ralph.

"Benim sıram geldi mi?" dedi Endişeli Andrew.

"Ne zaman yemek yiyeceğiz? " dedi Açgözlü Graham.

"Paketi dolaştırma oyunundan nefret ediyorum.

Başka bir şey oynamak istiyorum," diye bağırdı Henry.

"Heykel oyunu!" diye ilan etti Anne.

"Oyundan çıktın, çünkü hareket ettin Henry," dedi Baba.

"Etmedim," dedi Henry.

"Ettin," dedi Toby.

"Etmedim, onun için de oyundan çıkmıyorum," dedi Henry.

"Ama bu haksızlık," diye ciyakladı Hırçın Suzan.

"Ben oynamıyorum," diye mızıldandı Titrek Dave.

"Ben çok yoruldum," diye surat astı Tembel Linda.

"Heykel oyunundan nefret ediyorum," diye homurdandı Huysuz Margaret.

"Ödülüm nerede?" diye sordu Ralph.

"Bir kitap ayracı mı? Hepsi bu mu?" dedi Ralph.

"Çay zamanı," dedi Baba.

Çocuklar birbirlerini ittirerek
masaya geldiler ve yiyeceklere
saldırdılar.

"Ben gazlı içeceklerden nefret ederim,"
dedi Güçlü Toby.

"Kendimi hasta hissediyorum," dedi
Açgözlü Graham.

"Bebe havuçlar nerede?" dedi Mükemmel
Peter.

Felaket Henry masanın başında
oturuyordu.

Clare'e yiyecek atmak içinden
gelmiyordu.

Toby'le Ralph'e saldırmak da içinden
gelmiyordu.

Hatta Peter'ı tekmelemek bile içinden
gelmiyordu.

Lazer Zap'ta olmayı istiyordu.

O sırada Henry'nin aklına muhteşem,

harika bir fikir geldi. Yerinden kalkıp
sessizce odadan dışarı çıktı.

"Davetlilerin parti torbaları," dedi Baba.

"İçlerinde ne var?" dedi Güçlü Toby.

"Fide," dedi Anne.

"Şekerlemeler nerede?" dedi Açgözlü
Graham.

"Bu ömrümde aldığım en kötü parti
torbası," dedi Kaba Ralph.

Dışarıdan bir ses duyuldu.

Sonra Henry elinde süper ıslatıcı su
tabancasıyla içeri daldı.

"ZAP! ZAP! ZAP!" diye bağırarak herkesi sırılsıklam etti. "Ha ha ha, seni yakaladım!"

Doğum günü pastası sırılsıklam oldu. İçecekler devrildi.

"CİYAAAAAAAAAAAAK!" diye çığlık atıyordu sırılsıklam ıslanmış çocuklar.

"HENRY!!!!!!!" diye bağırdı Anne'yle Baba.

"SENİ FELAKET ÇOCUK. ÇABUK ODANA!" diye bağırdı Anne, saçlarından sular damlarken.

"BU SENİN SON PARTİN!" diye bağırdı Baba, giysilerinden sular damlarken.

Ama Henry umursamadı. Her yıl bunu söylerlerdi zaten.